APPRENTIS LECTEURS

DE L'EA

TOUT PAR

Christine Taylor-Bu

Illustrations de Maurie J.

Texte français de Claudine

Éditions
SCHOLASTI

À Ken, Alexis et Olivia, et un merci spécial
à Robert, Audrey et Eileen R.
— C.T.B.

À Shire, avec beaucoup d'affection,
de la part de sa marraine gâteau
— M.J.M.

Catalogage avant publication de Bibliothèque
et Archives Canada

Taylor-Butler, Christine
De l'eau tout partout / Christine Taylor-Butler; illustrations
de Maurie J. Manning; texte français de Claudine Azoulay.

(Apprentis lecteurs)
Traduction de : Water Everywhere!.
Niveau d'intérêt selon l'âge : Pour enfants de 3 à 6 ans.
ISBN 0-439-94104-0

I. Azoulay, Claudine II. Manning, Maurie III. Titre.
IV. Collection.

PZ23.T394De 2006   j813'.6   C2005-906835-3

Édition publiée par les Éditions Scholastic, 175 Hillmount Road, Markham (Ontario) L6C 1Z7.

5 4 3 2 1   Imprimé au Canada   06 07 08 09

C'est le matin.
Je commence ma journée.

4

Je me lave le visage.

Je me brosse les dents.

Je donne de l'eau fraîche
à mon lézard.

Je prépare un pichet
de limonade.

Je mets des fleurs
dans un vase que
j'ai fait moi-même.

Je fais un arc-en-ciel
avec le tuyau d'arrosage.

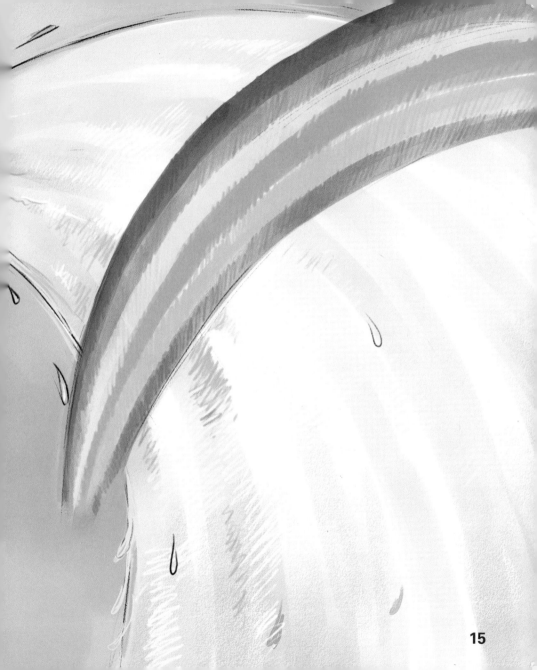

J'observe les nuages.
Quelles formes ont-ils?

Oh! oh! Il commence
à pleuvoir.

Je saute dans toutes les flaques.

Je vois mon reflet dans l'eau.

24

Je rentre chez moi
pour prendre un bain.

Je fais plein de bulles,
puis je me lave.

Je serais encore dehors
s'il ne pleuvait pas.

Une nouvelle journée
m'attend demain.

LISTE DE MOTS

à	eau	ma	pour
ai	encore	matin	prendre
arc-en-ciel	est	me	prépare
arrosage	fais	mets	puis
attend	fait	moi	que
avec	flaques	moi-même	quelles
bain	fleurs	mon	reflet
brosse	formes	ne	rentre
bulles	fraîche	nouvelle	saute
chez	il	nuages	serais
commence	ils	observe	toutes
dans	je	ont	tuyau
de	journée	pas	un
dehors	lave	pichet	une
demain	le	plein	vase
dents	les	pleuvait	visage
des	lézard	pleuvoir	vois
donne	limonade		